Analyse de l'œuvre

Par Cécile Perrel et Johanna Biehler

La Bête humaine

d'Émile Zola

lePetitLittéraire.fr

Rendez-vous sur lepetitlitteraire.fr et découvrez :

Plus de 1200 analyses
Claires et synthétiques
Téléchargeables en 30 secondes
À imprimer chez soi

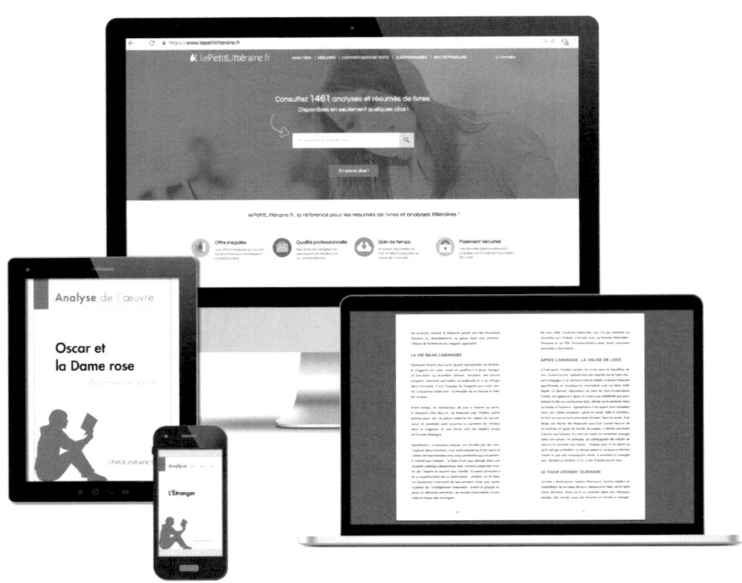

ÉMILE ZOLA

ÉCRIVAIN ET JOURNALISTE FRANÇAIS

- **Né en 1840 à Paris**
- **Décédé en 1902 dans la même ville**
- **Quelques-unes de ses œuvres :**
  - *Nana* (1880), roman
  - *Au Bonheur des Dames* (1883), roman
  - *Germinal* (1885), roman

Émile Zola est considéré comme l'un des romanciers majeurs du XIXe siècle en France. Il est principalement reconnu en tant que chef de file du mouvement naturaliste qui entend appliquer à la littérature les méthodes scientifiques expérimentales de l'époque : après observation du réel, Zola émet une hypothèse et la vérifie par expérimentation dans ses œuvres. Le cycle romanesque des *Rougon-Macquart*, la principale œuvre de l'auteur, se pose comme l'illustration de cette esthétique. Cette fresque de vingt livres connaitra un grand succès malgré de nombreuses critiques.

Zola est également célèbre pour ses prises de position, souvent sources de condamnations. La plus notoire concerne l'affaire Dreyfus où son pamphlet *J'accuse… !* (1898) contribua grandement à l'issue heureuse du procès du capitaine Dreyfus (1859-1935).

LA BÊTE HUMAINE

AFFAIRE CRIMINELLE
CHEZ LES ROUGON-MACQUART

- **Genre :** roman
- **Édition de référence :** *La Bête humaine*, Paris, Gallimard, coll. « Folio classique », 2003, 512 p.
- **1ʳᵉ édition :** 1890
- **Thématiques :** naturalisme, hérédité, pulsions meurtrières, crime, violence, personnification

Dix-septième roman de la série des *Rougon-Macquart*, *La Bête humaine* fut d'abord publié en feuilleton dans le journal *La Vie populaire* avant de paraitre en volume en mars 1890.

Dans cette œuvre, Zola raconte l'histoire de Jacques Lantier, un mécanicien de chemin de fer sur la ligne Paris-Le Havre. Celui-ci est marqué par une hérédité morbide et par des pulsions meurtrières qui le font se tenir à l'écart des femmes. Malgré ses précautions, il tombe sous le charme de la jolie Séverine Roubaud, épouse d'un collègue, et commence à entretenir une liaison avec elle, jusqu'à ce que son mal réapparaisse et lui fasse commettre l'irréparable.

RÉSUMÉ

CHAPITRE I

Roubaud, sous-chef de la gare du Havre à la Compagnie de l'Ouest, passe la journée à Paris où il a été convoqué par sa direction. Après son rendez-vous, il attend son épouse, Séverine, qui a profité de ce déplacement pour faire quelques emplettes. Lorsque Séverine arrive, le couple déjeune tranquillement, mais le ton monte quand Roubaud apprend que la bague que Séverine porte depuis toujours lui a été offerte par le magistrat Grandmorin, son parrain, qui l'a élevée et qui a abusé d'elle alors qu'elle n'était qu'une enfant. Pensant que Séverine est la maitresse de Grandmorin, il la roue de coups. Fou de jalousie, il décide ensuite de tuer Grandmorin. Il lui tend un piège avec l'aide de Séverine, trop terrifiée pour tenter une quelconque rébellion. Par lettre, elle lui demande de prendre le train depuis la capitale à destination de son domaine normand. Le courrier parti, le couple se rend à la gare afin d'emprunter le même train pour regagner son domicile du Havre.

CHAPITRE II

Jacques Lantier, un des mécaniciens de la Compagnie de l'Ouest, arrive au lieudit la Croix-de-Maufras, sur la ligne de chemin de fer qui relie Paris au Havre. Il vient saluer sa tante Phasie qui s'est occupée de lui alors qu'il était enfant. Elle vit avec sa fille, Flore, et son mari, Misard. À proximité se trouve une grande maison bourgeoise inoccupée appartenant à Grandmorin et qui doit revenir par testament à

Séverine Roubaud.

Tante Phasie a récemment perdu sa seconde fille dans d'étranges circonstances : alors que Louisette était femme de chambre chez Grandmorin, un soir, elle s'est réfugiée chez un voisin, Cabuche, grièvement blessée. Elle est décédée de ses blessures après avoir raconté que Grandmorin avait tenté d'abuser d'elle. L'histoire a été étouffée. Jacques, poussé par la curiosité, s'introduit dans la propriété de Grandmorin, où il retrouve Flore, qui est éprise de lui. Alors qu'elle s'offre à lui, Jacques s'enfuit, repris par ce mal qui le ronge depuis toujours : face à une femme, des envies de meurtre le tourmentent. Il marche longtemps au bord de la voie ferrée. Lorsque le train en provenance de Paris passe, il voit, dans une des voitures, un homme en égorger un autre. Troublé, il rentre chez sa tante, mais, en chemin, il croise Misard qui lui apprend qu'il a découvert un cadavre tombé sur la voie. Les deux hommes s'en approchent : il s'agit de Grandmorin. À l'arrivée de la police, Jacques s'interroge : doit-il révéler ce qu'il a vu ?

CHAPITRE III

Le lendemain matin, Roubaud, nerveux, prend son poste à la gare du Havre. On apprend dans une dépêche que le président Grandmorin a été retrouvé mort au bord de la voie allant de Paris au Havre. Le chef de gare, se souvenant que Roubaud est rentré la veille par ce même train, l'interroge. On fait également venir Séverine, afin qu'elle corrobore les dires de son mari. Ils confirment avoir rencontré le président, mais ils n'ont pas fait le voyage ensemble. Sur ces entrefaites arrive Jacques, qui raconte ce qu'il a vu la veille au soir.

CHAPITRE IV

M. Denizet, le juge d'instruction en charge de l'affaire Grandmorin, convoque le couple Roubaud, la fille de Grandmorin et son époux, Jacques Lantier et Mme Bonnehon, la sœur de la victime. À la lecture du testament du défunt, il lui est en effet apparu que le legs de la maison de la Croix-de-Maufras pouvait constituer un bon mobile ; ses soupçons se portent donc sur les Roubaud. Lorsque Jacques est interrogé, il se rend compte que Roubaud est l'exact portrait de l'assassin qu'il a vu dans le train. Mais, troublé par Séverine, il se tait. Finalement, le juge fait arrêter Cabuche, le voisin des Misard chez qui Louisette était venue mourir et qui avait juré, à l'époque, de la venger. À la sortie du cabinet du juge, Roubaud, qui a compris que Jacques savait quelque chose, décide de se lier au mécanicien : il veut garder un œil sur ce témoin gênant.

CHAPITRE V

Séverine se rend à Paris, chez M. Camy-Lamotte qui est chargé de mettre de l'ordre dans les papiers de Grandmorin : elle veut s'assurer que la lettre qu'elle lui avait envoyée n'a pas été retrouvée. Camy-Lamotte la reçoit avec curiosité : il a retrouvé la lettre et soupçonne la jeune femme d'en être l'auteure. Par un subterfuge, il parvient à lui faire écrire un courrier et doit se rendre à l'évidence : c'est bien Séverine qui a écrit la lettre. Il comprend aussitôt que le couple Roubaud est coupable, mais les inculper fragiliserait la Compagnie de l'Ouest. Il préfère donc se taire. Séverine retrouve ensuite Jacques et, avant de rentrer, ils se promènent un peu. La jeune femme se rend compte de l'attirance que le mécanicien ressent pour elle. Il lui avoue à demi-mot qu'il connait la vérité, mais promet de ne rien révéler. L'idée que Séverine soit une meurtrière la pare à ses yeux d'une aura particulière.

CHAPITRE VI

Un mois s'est écoulé depuis le meurtre de Grandmorin. L'affaire a été classée, Cabuche relâché et, chez les Roubaud, le calme semble revenu. Seule ombre au tableau, la montre et l'argent qu'ils ont volés au moment du meurtre et qu'ils cachent chez eux.

Jacques et Séverine nouent une relation pleine de tendresse et commencent à se voir en cachette. Auprès d'elle, Jacques est heureux, et ses envies de meurtre disparaissent. Ils deviennent rapidement amants et s'accordent une escapade dans la capitale tous les vendredis, le jour où Jacques conduit le train. De son côté, Roubaud se met à jouer et à s'endetter.

CHAPITRE VII

Le vendredi suivant, à proximité de La Croix-de-Maufras, le train s'arrête, bloqué par la neige. Le déblaiement étant très long, Misard propose à Séverine de venir se réchauffer chez lui. C'est là que Flore surprend un baiser entre Jacques et la jeune femme. La colère gronde en elle. Lorsque le train repart enfin, la Lison (la locomotive), abimée, ne réagit plus aussi bien.

CHAPITRE VIII

Comme le train arrive à Paris très tard dans la soirée, le retour n'est prévu que le lendemain. Jacques et Séverine passent donc la nuit ensemble. Prise d'un subit besoin de se confier, Séverine lui avoue l'assassinat de Grandmorin. Jacques la questionne longuement sur ce qu'elle a éprouvé en tuant, et ses pulsions de meurtre le reprennent.

CHAPITRE IX

Au Havre, Roubaud s'absente de plus en plus souvent pour jouer, et ses dettes deviennent plus importantes. Il se met alors à voler dans le magot subtilisé à Grandmorin le jour de son meurtre. Quand Séverine se rend compte que son mari a tout dépensé, elle entre dans une colère noire et prend la montre, qu'elle confie à Jacques afin que Roubaud ne puisse pas s'en servir pour éponger ses dettes.

Alors que les deux amants sont dans les bras l'un de l'autre dans l'appartement des Roubaud, le mari survient et les surprend. Comme il n'a aucune réaction, Jacques et Séverine décident de ne plus se cacher. Cependant, Roubaud les gêne et ils décident de le tuer. Une nuit, alors que celui-ci est de garde et fait sa ronde dans la gare, Jacques, armé d'un couteau, et Séverine le suivent. Mais, au dernier moment, Jacques ne peut se résoudre à frapper.

CHAPITRE X

Flore, toujours furieuse, veut se venger de Séverine, et c'est Cabuche qui lui donne sans le vouloir le moyen de réaliser son plan : alors que le train du vendredi s'annonce, Cabuche arrive devant chez ses voisins avec une charrette emplie de pierres ; Flore en profite pour pousser la voiture sur la voie. Le train percute de plein fouet la charrette, créant un terrible déraillement. Séverine et Jacques en sortent indemnes, mais l'accident fait 15 morts et 32 blessés graves. Désespérée et prenant conscience de l'horreur de son geste, la nuit venue, Flore se jette sous un train. Pendant ce temps, Séverine installe Jacques dans sa maison de la Croix-de-Maufras.

CHAPITRE XI

Jacques se remet de ses blessures, superficielles. Cabuche, secrètement amoureux de Séverine, est très présent, aidant la jeune femme dans les travaux de la maison. Après une dizaine de jours, le médecin autorise Jacques à reprendre le travail : il passe donc une dernière nuit avec Séverine dans la maison de la Croix-de-Maufras. Mais le jeune homme est mal à l'aise car ses pulsions meurtrières se font de plus en plus fortes.

Les amants décident de tendre un piège à Roubaud : il s'agit de le faire venir dans la maison, de le tuer, puis de jeter le corps sur la voie pour faire croire à un suicide. Cependant, rien ne se déroule comme prévu : devenu fou, Jacques empoigne le couteau qui devait servir à égorger Roubaud et tue Séverine avant de s'enfuir. Il frôle Cabuche qui rôdait dans le jardin, mais celui-ci ne le reconnait pas et entre dans la maison, où il retrouve Séverine gisant sur le sol. À ce moment arrivent Roubaud et Misard.

CHAPITRE XII

Trois mois ont passé depuis la mort de Séverine. Cabuche a été arrêté pour le meurtre de la jeune femme, mais également pour celui de Grandmorin. Quant à Roubaud, il est incarcéré pour avoir commandité les deux meurtres. On le soupçonne d'avoir fait tuer Grandmorin pour toucher plus vite l'héritage promis à sa femme et d'avoir voulu se débarrasser de Séverine afin de jouir seul de l'argent. Les deux hommes sont condamnés aux travaux forcés à perpétuité.

Jacques, quant à lui, a repris son poste sur une nouvelle machine. Mais l'animosité grandit avec son chauffeur car Jacques entretient une liaison avec la maitresse de celui-ci. Un soir, le chauffeur arrive complètement ivre au travail et refuse d'obéir aux ordres de Jacques. Ils en viennent aux mains alors que le train est lancé sur les voies. Durant la bagarre, ils tombent et sont déchiquetés par les roues.

ÉTUDE DES PERSONNAGES

JACQUES LANTIER

Jacques Lantier est un jeune homme de 26 ans, grand et brun : « Beau garçon au visage rond et régulier, mais que gâtaient des mâchoires trop fortes. Ses cheveux, plantés drus, frisaient, ainsi que ses moustaches, si épaisses, si noires, qu'elles augmentaient la pâleur de son teint. » (p. 65) Abandonné par ses parents, il a été élevé par sa tante Phasie, pour qui il éprouve une profonde affection. Il a suivi un cursus à l'école des Arts et Métiers et, en en sortant, a choisi le métier de mécanicien dans les chemins de fer, attiré par la solitude que ce poste impliquait.

Sujet depuis son adolescence à de violents maux de tête qui le plongent dans un état second, il est souvent pris de pulsions violentes, rêvant de faire couler le sang et de connaitre les sensations qu'éprouve le meurtrier en tuant. C'est surtout la compagnie des femmes qui le trouble ; c'est pour cette raison qu'il les fuit. Le récit relate dès lors sa lutte pour ne pas basculer dans la monstruosité. Il entretient malgré tout une liaison avec Séverine, la femme du sous-chef de la gare du Havre, délaissant sa cousine Flore qui est amoureuse de lui. Même s'il semble un temps libéré de ses pulsions, il finira par égorger sa maitresse, mais ne sera pas arrêté.

Il meurt lors d'une dispute avec le chauffeur de son train en tombant sur la voie. C'est un homme malade psychologiquement. Conscient de son état, il tente d'échapper à ses névroses, en vain : à la fin du roman, c'est sa bestialité qui triomphe.

SÉVERINE ROUBAUD

Séverine Roubaud est une jeune femme de 25 ans : « Elle semblait grande, mince et très souple, grasse pourtant avec de petits os. Elle n'était point jolie d'abord, la face longue, la bouche forte, éclairée de dents admirables. Mais, à la regarder, elle séduisait par le charme, l'étrangeté de ses larges yeux bleus, sous son épaisse chevelure noire. » (p. 33) Elle suscite le désir de tous les hommes du roman : c'est la femme de Roubaud, l'ancienne « maitresse » du président Grandmorin et l'amante de Jacques ; Cabuche est secrètement amoureux d'elle et même le secrétaire général Camy-Lamotte émet l'hypothèse de la faire chanter pour obtenir ses faveurs.

Elle est la fille du jardinier de Grandmorin. Après la mort de son père, elle est prise en charge par ce dernier qui est aussi son parrain. Lorsqu'elle se marie avec Roubaud, le couple passe sous la protection du magistrat. Ce dernier doit lui léguer par testament la propriété de la Croix-de-Maufras. On apprend plus tard que Séverine, abusée par Grandmorin quand elle était jeune, est sa « maitresse », ce qui rend son mari fou de jalousie lorsqu'il l'apprend. Elle l'aide à tuer le magistrat, mais à partir de ce moment, son couple se délite. Elle prend alors pour amant Jacques Lantier, qui finit par la tuer.

Au début du roman, elle apparait comme une jeune femme fragile et docile : elle obéit sans réfléchir à Grandmorin qui profite d'elle physiquement, puis à son mari en l'aidant à assassiner leur protecteur. Mais progressivement, elle quitte sa passivité pour devenir celle qui incite au mal : lors de sa liaison avec Jacques, elle pousse celui-ci à tuer Roubaud.

ROUBAUD

Roubaud approche de la quarantaine, a des cheveux roux et frisés : « Sa barbe, qu'il portait entière, restait drue, elle aussi, d'un blond de soleil. Et, de taille moyenne, mais d'une extraordinaire vigueur, il se plaisait à sa personne, satisfait de sa tête un peu plate, au front bas, à la nuque épaisse, de sa face ronde et sanguine, éclairée de deux gros yeux vifs. » (p. 31) Employé consciencieux, il doit son évolution à son mariage avec Séverine : par les relations privilégiées de celle-ci avec le président Grandmorin, il devient sous-chef de la gare du Havre. Mais c'est aussi un homme brutal et violent qui n'obéit qu'à ses instincts – il est d'ailleurs fréquemment comparé à un animal. Lorsqu'il apprend la liaison de sa femme avec Grandmorin, la jalousie le rend fou au point qu'il égorge sauvagement le président dans le train. Après ce meurtre, sa vie n'est plus qu'une lente dégradation : il se met à jouer, s'endette, ne communique plus avec sa femme et ne réagit même pas lorsqu'il la surprend dans les bras de son amant. Il semble par ailleurs de plus en plus étranger à lui-même, errant continuellement entre la gare et le café. Il sera finalement arrêté pour avoir commandité le meurtre de Grandmorin et de Séverine.

FLORE

Flore est la cousine de Jacques Lantier. Elle est « une grande fille de dix-huit ans, blonde, forte, à la bouche épaisse, aux grands yeux verdâtres, au front bas, sous de lourds cheveux. Elle n'était point jolie, elle avait des hanches solides et les bras durs d'un garçon » (chapitre II). Elle est présentée comme une sauvageonne, à l'image de la région de la Croix-de-Maufras qu'elle connait bien, et est décrite comme une femme forte, d'une taille remarquable. Sa sœur Louisette est morte après avoir été abusée par Grandmorin. Elle vit avec sa mère Phasie et son beau-père Misard dans la maison de garde-barrière, voisine de la Croix-de-Maufras.

Amoureuse de Jacques depuis longtemps, elle repousse tous ses soupirants. Très jalouse, elle se sent trahie par son cousin quand il prend Séverine pour maitresse et sent naitre en elle « l'instinct sauvage de détruire » (chapitre X). Pour tuer les amants, elle provoque une grande catastrophe ferroviaire en poussant la charrette pleine de pierres de Cabuche sur les rails. Si l'accident fait plusieurs morts et de nombreux blessés, Lantier et Séverine s'en sortent indemnes. Incapable de supporter l'horreur de son geste, elle se jette devant un train : « Redressée dans sa haute taille souple de statue, balancée sur ses fortes jambes, elle avançait. [...] Et, dans l'épouvantable choc, dans l'embrassade, elle se redressa encore, comme si, soulevée par une dernière révolte de lutteuse, elle eût voulu étreindre le colosse, et le terrasser. » (*ibid.*)

CLÉS DE LECTURE

LE ROMAN NATURALISTE

L'histoire du roman naturaliste commence en 1865 avec la publication de *Germinie Lacerteux* d'Edmond (1822-1896) et Jules (1830-1870) de Goncourt, qui raconte en détail la chute d'une campagnarde arrivée à Paris et sa déchéance. Les écrivains dits naturalistes s'inspirent des méthodes d'observation scientifiques, et tout particulièrement de la thermodynamique et de la médecine. Ils poussent donc plus loin le travail des réalistes, qui s'intéressaient surtout aux classes populaires, et cherchent désormais à évoquer les névroses, la folie, les pulsions et, dans le cadre de *La Bête humaine*, ce que Zola appelle les « végétations sourdes du crime ».

Il est possible de voir dans le naturalisme de Zola deux périodes distinctes : la première commence avec l'édition de *Mes haines* (1866) et prend fin en 1878 avec la lecture de l'ouvrage de Claude Bernard (médecin physiologiste, 1813-1878), *Introduction à l'étude de la médecine expérimentale*. À ce moment, il rejette les idées d'Hippolyte Taine (philosophe français, 1828-1893) qui, d'après lui, donnent beaucoup trop d'importance au déterminisme (la négation du libre arbitre) et ne prennent pas assez en compte la question de la personnalité. La seconde période du naturalisme zolien est celle durant laquelle il élabore sa doctrine consacrée à la méthode expérimentale, à savoir que l'observation d'une situation permet de formuler des hypothèses que l'expérience confirmera ou infirmera. Il publie en 1880 *Le roman expérimental* qui réunit des articles dans lesquels il présente sa nouvelle théorie :

> « Le but de la méthode expérimentale, en physiologie et en médecine, est d'étudier les phénomènes pour s'en rendre maître [...] ce rêve de physiologiste et du médecin expérimentateur est aussi celui du romancier qui applique à l'étude naturelle et sociale de l'homme la méthode expérimentale. [...] Nous sommes en un mot des moralistes expérimentateurs, montrant par l'expérience de quelle façon se comporte une passion dans un milieu social. »

Cette expérience sera menée à travers une saga familiale, *Les Rougon-Macquart*.

NATURALISME ET HÉRÉDITÉ

« Je veux expliquer comment une famille, un petit groupe d'êtres, se comporte dans une société, en s'épanouissant pour donner naissance à dix, à vingt individus qui paraissent, au premier coup d'œil, profondément dissemblables, mais que l'analyse montre intimement liés les uns aux autres. L'hérédité a ses lois, comme la pesanteur », explique Zola dans la préface de *La Fortune des Rougon*, premier volume de la saga romanesque des *Rougon-Macquart*. Partant d'un double postulat – l'homme est conditionné par son milieu et par l'hérédité –, Zola a placé ses personnages dans un milieu précis, puis les a étudiés à la manière d'un médecin, décrivant les faits qui devaient nécessairement se produire au vu des postulats de base.

Dans *La Bête humaine*, Zola insiste à plusieurs reprises sur la lourde hérédité familiale que porte Jacques. Il est le fils de Gervaise Macquart, qui mourut sans abri à Paris, après avoir sombré dans l'alcoolisme, et d'Auguste Lantier, son amant, un homme sans morale. Son arrière-grand-mère, Adélaïde Fouque, l'un des personnages principaux de *La Fortune des Rougon*, est morte folle, dans un asile. À plusieurs reprises il est mentionné dans *La Bête humaine* que Jacques a souffert dans son adolescence d'étranges crises : des douleurs lui vrillaient le crâne, le laissaient fiévreux et déprimé, ou encore le faisaient se cacher comme un animal au fond d'un trou. Celles-ci n'ont pas disparu avec l'âge adulte, mais elles se sont transformées et sont devenues des pulsions meurtrières. Pour Zola, cette tare est un fardeau légué par sa famille : une arrière-grand-mère folle et une mère alcoolique n'ont pu donner qu'un être souffrant lui aussi de problèmes psychologiques. Tiraillé, Jacques lutte pour tenir loin de lui ces envies meurtrières. Il y parvient un temps et pense même avoir trouvé le bonheur avec Séverine. Mais ses instincts premiers le rattrapent et, à la fin du roman, ne se dominant plus, il tue la jeune femme. Zola conclut sur ces mots : « [...] Il venait d'être emporté par l'hérédité de violence. » (p. 419)

JACQUES ET LA LISON

Jacques, contraint de fuir les femmes, a dirigé son amour sur sa locomotive, qui est assimilée dans le roman à une femme : « Et c'est vrai qu'il l'aimait d'amour, sa machine, depuis quatre ans qu'il la conduisait. [...] S'il l'aimait celle-là, c'était en vérité qu'elle avait des qualités de brave femme. » (p. 196) Elle est d'ailleurs nommée (la Lison) et même personnifiée : « C'était une de ces machines d'express, à deux essieux couplés, d'une élégance fine et géante, avec ses grandes roues légères réunies par des bras d'acier, son poitrail large, ses reins allongés et puissants. » (p. 195) Le champ lexical utilisé est bien celui que l'on utiliserait davantage pour décrire un être humain : la machine est dotée de bras, de reins. En outre, Jacques la soigne et s'occupe d'elle comme on le ferait d'une personne.

Après sa rencontre avec Séverine, la Lison, qui ne présentait jusqu'alors aucune faille, commece à moins bien fonctionner, ce que l'on découvre notamment lors de l'épisode du voyage dans la neige, lorsque le train est bloqué à la Croix-de-Maufras pendant un long moment. Lorsque la machine repart, Jacques se demande si sa Lison ne souffrait pas « de graves désordres intérieurs [;] rien n'est plus délicat que le mécanisme compliqué des tiroirs, où bat le cœur, l'âme vivante » (p. 274). La locomotive donne ainsi l'impression de réagir comme si elle était blessée par la relation entre son mécanicien et Séverine.

On peut voir dans le roman un rapprochement plus général entre l'homme et la machine. En effet, à plusieurs reprises, le rythme effréné de la locomotive est comparé, ou du moins mis en parallèle, avec le rythme de la vie humaine, voire avec la poussée de violence incontrôlable qui caractérise plusieurs personnages du roman. Ainsi, l'auteur nous décrit l'express du Havre qui « partait dans sa violence d'orage, comme s'il eût tout balayé devant lui » :

> « C'était une apparition en coup de foudre : tout de suite, les wagons se succédèrent, les petites vitres carrées des

portières, violemment éclairées, firent défiler des compartiments pleins de voyageurs, dans un tel vertige de vitesse, que l'œil doutait ensuite des images entrevues. » (p. 90)

Il s'agit là de la description d'une machine lancée à toute allure, que rien ne semble pouvoir arrêter. Cette image n'est pas sans rappeler la montée frénétique de la violence chez Roubaud, au chapitre I, lorsqu'il entre en furie en apprenant la liaison de Séverine et de Grandmorin :

« La fureur de Roubaud ne se calmait point. Dès qu'elle semblait se dissiper un peu, elle revenait aussitôt, comme l'ivresse, par grandes ondes redoublées, qui emportaient dans leur vertige. Il ne se possédait plus, battait le vide, jeté à toutes les sautes du vent de violence dont il était flagellé, retombant à l'unique besoin d'apaiser la bête hurlante au fond de lui. » (p. 53)

L'homme, comme la machine, ne peut être arrêté lorsqu'il est pris par de telles pulsions destructrices.

UN ROMAN SUR LE CRIME

La presse de l'époque est friande d'affaires criminelles et l'on trouve souvent au travers de ses pages le résumé de certains procès. Zola a lui-même écrit pour *La Tribune* le compte-rendu du procès des trois empoisonneuses marseillaises, une célèbre affaire de l'époque. Face à cet engouement, l'écrivain a souhaité intégrer un « roman judiciaire » au cycle des *Rougon-Macquart* : il s'agit bien entendu de *La Bête humaine*. À l'époque, Zola habite à Médan, en bordure de la ligne de chemin de fer reliant Paris au Havre. Il a donc imaginé le décor de son œuvre en voyant le train passer sous ses yeux chaque jour.

La Bête humaine est un roman empli de violence qui raconte l'histoire de plusieurs crimes dont le premier, celui de Grandmorin, entraine tous les autres. On y tue très facilement, et toujours pour des motifs vils tels que la jalousie, l'avarice ou le gout du sang. Devant une telle brutalité, tuer devient, au fil de l'intrigue, un acte de plus en plus banal. Au début, lorsque Roubaud prend la décision de se d'assassiner Grandmorin, il met en place un piège monté avec intelligence et sang-froid. Plus tard, désirant se débarrasser de son mari pour vivre avec son amant, Séverine demande à Jacques de tuer Roubaud, tout simplement, sans visiblement ressentir un quelconque remords ou être tiraillée par sa conscience. D'ailleurs, à aucun moment Roubaud n'éprouve le moindre effroi face à son geste. Il a tué Grandmorin, mais ne le regrette pas, même si cela provoque en lui un grand émoi et une intense nervosité. Jacques désire, lui aussi, tuer ; cela fait même partie de son être, puisqu'il ressent des pulsions meurtrières depuis son plus jeune âge : « Oh ! donner un coup de couteau pareil, contenter ce désir lointain, savoir ce qu'on éprouve, goûter cette minute où l'on vit davantage que dans toute son existence. » (p. 299) Seulement, lorsque Séverine lui demande de tuer son mari, Jacques n'y parvient pas. Pour lui, le crime doit venir d'une impulsion, pas d'une réflexion, il doit être le résultat d'une envie subite. Pour cette raison, il laissera la vie sauve à Roubaud mais tuera Séverine.

L'étude du caractère de Jacques est une partie fondamentale de l'œuvre. À l'image de Dostoïevski (romancier russe, 1821-1881) dans *Crime et Châtiment* (1866) – roman dans lequel l'âme du héros, un criminel, est longuement étudiée, disséquée, pour comprendre les raisons qui l'ont poussé au crime et les sentiments qui l'habitent une fois son acte accompli –, Zola disserte longuement sur la personnalité de Lantier. C'est un homme qui est habité par le mal depuis toujours puisque ses pulsions meurtrières se sont manifestées très tôt dans son existence. Il est victime d'une sorte de dédoublement de la personnalité, d'une dualité à l'image du Dr Jekyll et de Mr Hyde dans le roman éponyme de Stevenson (écrivain écossais, 1850-1894) : Jacques ressent ces pulsions, mais il cherche à tout prix à éviter le meurtre. En cela, on peut dire que c'est véritablement « une bête humaine » que Zola nous décrit, un animal à figure humaine qui se fera finalement rattraper par sa bestialité.

PISTES DE RÉFLEXION

QUELQUES PISTES POUR APPROFONDIR SA RÉFLEXION...

- Expliquez le titre de l'œuvre au regard de votre lecture.
- En quoi Cabuche se différencie-t-il des autres personnages du roman ?
- Étudiez l'évolution du personnage de Séverine. La placeriez-vous plutôt du côté des victimes ou du côté des bourreaux ? Justifiez votre réponse.
- Dans quelle mesure Jacques Lantier est-il maitre de son destin ?
- Quelle image de l'amour Zola présente-t-il dans son roman ?
- Dans *La Bête humaine*, il est beaucoup question de justice. Comment Zola traite-t-il ce concept ? Quelle vision en donne-t-il ?
- Quelles indications historiques nous sont données dans le roman ? Peut-on pour autant affirmer que *La Bête humaine* est un roman historique ? Expliquez.
- En quoi peut-on dire que ce roman est naturaliste ? Développez.
- Quel est le rôle du lieudit de la Croix-de-Maufras dans l'intrigue ? Pourquoi Jacques a-t-il une drôle de sensation à chaque fois qu'il y passe ? Développez votre réponse en vous appuyant sur des exemples concrets.
- Selon vous, le milieu ferroviaire constitue-t-il un simple cadre au récit ? Justifiez votre réponse.

Votre avis nous intéresse !
Laissez un commentaire sur le site de votre librairie en ligne
et partagez vos coups de cœur sur les réseaux sociaux !

POUR ALLER PLUS LOIN

ÉDITION DE RÉFÉRENCE

- ZOLA É., *La Bête humaine*, Paris, Gallimard, coll. « Folio classique », 2003, 512 p.

ÉTUDES DE RÉFÉRENCE

- BECKER C., *Le roman naturaliste*, Paris, Bréal, coll. « Connaissance d'un thème », 1999.
- BECKER C., *Lire le réalisme et le naturalisme*, Paris, Armand Colin, coll. « Lettres sup. », 2010.
- MITTERAND H., *Zola et le naturalisme*, Paris, PUF, coll. « Que sais-je ? », 2015.
- NOËL L., « Le principe du déterminisme », in *Revue néo-scolastique*, n° 45, 1905.

ADAPTATIONS

- *La Bête humaine*, film de Jean Renoir, scénario de Jean Renoir, avec Jean Gabin, Simone Signoret et Fernand Ledoux, France, 1938.
- *Désirs humains*, film de Fritz Lang, scénario d'Alfred Hayes, avec Glenn Ford et Gloria Grahame, États-Unis, 1954.

SUR LEPETITLITTÉRAIRE.FR

- Commentaire portant sur le chapitre XIV d'*Au Bonheur des dames* d'Émile Zola.

- Commentaire portant sur la partie V, chapitre V de *Germinal* d'Émile Zola.
- Commentaire portant sur le chapitre VI de *Nana* d'Émile Zola.
- Commentaire portant sur la scène du bal de *La Curée* d'Émile Zola
- Fiche de lecture sur *Au Bonheur des dames*.
- Fiche de lecture sur *Germinal*.
- Fiche de lecture sur *Nana*.
- Fiche de lecture sur *Thérèse Raquin* d'Émile Zola.
- Fiche de lecture sur *La Curée*.
- Fiche de lecture sur *La Fortune des Rougon* d'Émile Zola.
- Fiche de lecture sur *L'Assommoir* d'Émile Zola.
- Fiche de lecture sur *Madame Sourdis et autres nouvelles* d'Émile Zola.
- Fiche de lecture sur *Jacques Damour* d'Émile Zola.
- Fiche de lecture sur *La Mort d'Olivier Bécaille* et autres nouvelles d'Émile Zola.
- Fiche de lecture sur *La Terre* d'Émile Zola.
- Fiche de lecture sur *Pot-Bouille* d'Émile Zola.
- Fiche de lecture sur *L'Argent* d'Émile Zola.
- Fiche de lecture sur *Le Ventre de Paris* d'Émile Zola.
- Fiche de lecture sur *L'Œuvre* d'Émile Zola.
- Questionnaire de lecture portant sur *Germinal*.
- Questionnaire de lecture portant sur *Nana* d'Émile Zola.

L'éditeur veille à la fiabilité des informations publiées, lesquelles ne pourraient toutefois engager sa responsabilité.

© LePetitLittéraire.fr, 2016. Tous droits réservés.

www.lepetitlitteraire.fr/

ISBN version numérique : 978-2-8062-4130-6
ISBN version papier : 978-2-8062-4153-5
Dépôt légal : D/2013/12603/482

Avec la collaboration de Johanna Biehler pour l'analyse de Flore et pour le chapitre « Le roman naturaliste ».

Conception numérique : Primento,
le partenaire numérique des éditeurs.

Ce titre a été réalisé avec le soutien de la Fédération Wallonie-Bruxelles, Service général des Lettres et du Livre.

Retrouvez notre offre complète sur lePetitLittéraire.fr

- des fiches de lectures
- des commentaires littéraires
- des questionnaires de lecture
- des résumés

ANOUILH
- Antigone

AUSTEN
- Orgueil et Préjugés

BALZAC
- Eugénie Grandet
- Le Père Goriot
- Illusions perdues

BARJAVEL
- La Nuit des temps

BEAUMARCHAIS
- Le Mariage de Figaro

BECKETT
- En attendant Godot

BRETON
- Nadja

CAMUS
- La Peste
- Les Justes
- L'Étranger

CARRÈRE
- Limonov

CÉLINE
- Voyage au bout de la nuit

CERVANTÈS
- Don Quichotte de la Manche

CHATEAUBRIAND
- Mémoires d'outre-tombe

CHODERLOS DE LACLOS
- Les Liaisons dangereuses

CHRÉTIEN DE TROYES
- Yvain ou le Chevalier au lion

CHRISTIE
- Dix Petits Nègres

CLAUDEL
- La Petite Fille de Monsieur Linh
- Le Rapport de Brodeck

COELHO
- L'Alchimiste

CONAN DOYLE
- Le Chien des Baskerville

DAI SIJIE
- Balzac et la Petite Tailleuse chinoise

DE GAULLE
- Mémoires de guerre III. Le Salut. 1944-1946

DE VIGAN
- No et moi

DICKER
- La Vérité sur l'affaire Harry Quebert

DIDEROT
- Supplément au Voyage de Bougainville

DUMAS
- Les Trois
  Mousquetaires

ÉNARD
- Parlez-leur
  de batailles,
  de rois et
  d'éléphants

FERRARI
- Le Sermon sur la
  chute de Rome

FLAUBERT
- Madame Bovary

FRANK
- Journal
  d'Anne Frank

FRED VARGAS
- Pars vite et
  reviens tard

GARY
- La Vie devant soi

GAUDÉ
- La Mort du
  roi Tsongor
- Le Soleil des
  Scorta

GAUTIER
- La Morte
  amoureuse
- Le Capitaine
  Fracasse

GAVALDA
- 35 kilos d'espoir

GIDE
- Les
  Faux-Monnayeurs

GIONO
- Le Grand
  Troupeau
- Le Hussard
  sur le toit

GIRAUDOUX
- La guerre de
  Troie
  n'aura pas lieu

GOLDING
- Sa Majesté des
  Mouches

GRIMBERT
- Un secret

HEMINGWAY
- Le Vieil Homme
  et la Mer

HESSEL
- Indignez-vous !

HOMÈRE
- L'Odyssée

HUGO
- Le Dernier Jour
  d'un condamné
- Les Misérables
- Notre-Dame
  de Paris

HUXLEY
- Le Meilleur
  des mondes

IONESCO
- Rhinocéros
- La Cantatrice
  chauve

JARY
- Ubu roi

JENNI
- L'Art français
  de la guerre

JOFFO
- Un sac de billes

KAFKA
- La Métamorphose

KEROUAC
- Sur la route

KESSEL
- Le Lion

LARSSON
- Millenium I. Les
  hommes qui
  n'aimaient pas
  les femmes

LE CLÉZIO
- Mondo

LEVI
- Si c'est un
  homme

LEVY
- Et si c'était vrai…

MAALOUF
- Léon l'Africain

MALRAUX
- La Condition humaine

MARIVAUX
- La Double Inconstance
- Le Jeu de l'amour et du hasard

MARTINEZ
- Du domaine des murmures

MAUPASSANT
- Boule de suif
- Le Horla
- Une vie

MAURIAC
- Le Nœud de vipères

MAURIAC
- Le Sagouin

MÉRIMÉE
- Tamango
- Colomba

MERLE
- La mort est mon métier

MOLIÈRE
- Le Misanthrope
- L'Avare
- Le Bourgeois gentilhomme

MONTAIGNE
- Essais

MORPURGO
- Le Roi Arthur

MUSSET
- Lorenzaccio

MUSSO
- Que serais-je sans toi ?

NOTHOMB
- Stupeur et Tremblements

ORWELL
- La Ferme des animaux
- 1984

PAGNOL
- La Gloire de mon père

PANCOL
- Les Yeux jaunes des crocodiles

PASCAL
- Pensées

PENNAC
- Au bonheur des ogres

POE
- La Chute de la maison Usher

PROUST
- Du côté de chez Swann

QUENEAU
- Zazie dans le métro

QUIGNARD
- Tous les matins du monde

RABELAIS
- Gargantua

RACINE
- Andromaque
- Britannicus
- Phèdre

ROUSSEAU
- Confessions

ROSTAND
- Cyrano de Bergerac

ROWLING
- Harry Potter à l'école des sorciers

SAINT-EXUPÉRY
- Le Petit Prince
- Vol de nuit

SARTRE
- Huis clos
- La Nausée
- Les Mouches

SCHLINK
- Le Liseur

SCHMITT
- La Part de l'autre
- Oscar et la
  Dame rose

SEPULVEDA
- Le Vieux qui
  lisait des romans
  d'amour

SHAKESPEARE
- Roméo et Juliette

SIMENON
- Le Chien jaune

STEEMAN
- L'Assassin
  habite au 21

STEINBECK
- Des souris et
  des hommes

STENDHAL
- Le Rouge et
  le Noir

STEVENSON
- L'Île au trésor

SÜSKIND
- Le Parfum

TOLSTOÏ
- Anna Karénine

TOURNIER
- Vendredi ou
  la Vie sauvage

TOUSSAINT
- Fuir

UHLMAN
- L'Ami retrouvé

VERNE
- Le Tour
  du monde
  en 80 jours
- Vingt mille
  lieues sous
  les mers
- Voyage au
  centre de
  la terre

VIAN
- L'Écume des jours

VOLTAIRE
- Candide

WELLS
- La Guerre des
  mondes

YOURCENAR
- Mémoires
  d'Hadrien

ZOLA
- Au bonheur
  des dames
- L'Assommoir
- Germinal

ZWEIG
- Le Joueur
  d'échecs